21 Février 1887.

VENTE JUDICIAIRE

AUX ENCHÈRES PUBLIQUES

DE

BEAUX MEUBLES DE FANTAISIE

Crédences, Cabinets, Bahuts, Commodes, Meubles,
Bijoux, Bureaux, Écrans en vernis Martin,
Meubles Renaissance, Encoignures, Meuble d'entre-d'eux,
Étagères du Japon, etc., etc.

Nombreux Sièges de style

en bois doré, noyer sculpté, Sièges garnis, etc., etc.

Meuble de salon Louis XVI en noyer sculpté, couvert en Aubusson

OBJETS D'ART ET DE VITRINE

Grandes Vasques, Lampadaires, Statue et Bustes en marbre,
Groupe et Service à dessert en porcelaine de Saxe,
Beau Lustre, Lustres hollandais, Lanterne gothique, Appliques,
Bouts de table, Pendule, Lampes montées, Candélabres,
Pièces d'étagères, etc., etc.

SOIERIES — TENTURES — ÉTOFFES

Le tout provenant

de la Maison SIMON WORMS

HOTEL DROUOT, SALLE N° 1

Le Lundi 21 Février 1887

A 2 HEURES

Mᵉ A. DEGAS	**M. E. VANNES**
COMMISSAIRE-PRISEUR	EXPERT
40, rue de Trévise, 40	54, Faubourg-Montmartre, 54

EXPOSITION PUBLIQUE

Le Dimanche 20 Février 1887, de 2 heures à 5 heures.

HOMO
ADDITVS
NATVRÆ
IMPRIMERIE DE L'ART

CONDITIONS DE LA VENTE

Elle sera faite au comptant.

Les adjudicataires payeront *cinq pour cent* en sus des enchères.

L'exposition mettant le public à même de se rendre compte de l'état des objets, il ne sera admis aucune réclamation une fois l'adjudication prononcée.

Paris. — Imprimerie de l'Art. E. Ménard et J. Augry
41, rue de la Victoire.

DÉSIGNATION DES OBJETS

MEUBLES

1 — Riche écran en bois sculpté et doré, à trois volets peints en vernis Martin de sujets dans le goût du xviiiᵉ siècle.

2 — Meuble à deux corps forme dite Jean Goujon, en noyer sculpté, à quatre vantaux ornés de médaillons à personnages ; la partie supérieure est à colonnettes avec un fronton.

3 — Belle et grande armoire en acajou, de style Louis XVI, à deux portes ornées de glaces à biseaux, garnie de colonnettes cannelées et de filets de cuivre poli.

4 — Beau meuble en noyer, de style Renaissance, à deux corps, quatre vantaux et tiroirs, finement sculpté sur toutes ses parties, et en ronde bosse, de cariatides, rinceaux, cartouches et mascarons.

5 — Encoignure décorée en vernis Martin de sujets galants dans le goût de Watteau, ornée de cuivres ciselés et dorés, avec un marbre jaspe sanguin.

6 — Commode de style Louis XV en palissandre, décorée sur la face d'un médaillon sur vernis Martin, représentant *le Colin-Maillard* de Watteau, et complètement garnie de cuivres, avec marbre à doucine.

7 — Petit meuble bijou de style Louis XV, peint sur vernis Martin, avec chutes et sabots en cuivre ciselé.

8 — Beau meuble d'entre-deux à hauteur d'appui, de style Louis XIV, en poirier noirci et poli, à trois portes, garni de cuivre ciselé et doré formant mascarons, galeries, filets, etc.

9 — Bureau plat de style Louis XIV à double face, en palissandre, garni de chutes formées par des figurines, de filets, de poignées et de sabots en cuivre doré.

10 — Grand buffet de style Renaissance, en noyer sculpté, à deux corps, à galerie médiane.

11 — Table ronde en bois noir et sculpté dans le goût japonais.

12 — Cheminée monumentale de style Renaissance, en noyer à colonnettes cannelées et à fronton, richement sculptée en ronde bosse de cariatides de mascarons et de rinceaux.

13 — Écran en bois sculpté de style Louis XVI et garni.

14 — Grande table style Henri II en noyer sculpté.

15 — Cabinet japonais à étagères en laque à fleurs et incrusté.

16 — Deux armoires en bois naturel du Japon, laquées de sujets et incrustées de fleurs en nacre, ornées de motifs en bronze ciselé et doré, d'une fine exécution ; les deux vantaux sont ornés de glaces à l'intérieur, qui est en palissandre.

17 — Meuble-étagère en poirier noirci et sculpté dans le style japonais.

18 — Cabinet du Japon en bois dur à tiroirs ; les portes sont ornées de personnages en ivoire.

19 — Autre meuble du Japon avec incrustations de nacre et ivoire.

20 — Écran Louis XVI en bois doré avec tapisserie au point.

21 — Beau et grand cabinet du Japon en bois dur, sur son socle, à portes et à tiroirs complètement incrustés de sujets en ivoire teinté et gravé.

22 — Tableau japonais en bois de Kiaki impérial orné d'un personnage en ivoire sculpté et tenant un faucon sur le poing.

23 — Deux jardinières de style Louis XVI en bois peint et à guirlandes.

24 — Chambre à coucher en poirier noirci style Renaissance, composée de : un lit double face à grand dossier de tête, une armoire à glace à trois portes, glaces biseautées, un chiffonnier et une toilette forme duchesse, et deux tables de nuit à dessus de marbre de Sainte-Anne.

25 — Un meuble de chambre à coucher, composé de : une chaise longue, deux chaises et deux fauteuils de forme anglaise, et couvert en armure vieil or, brochée en bleu, deux croisées, deux portières, courte-pointe et deux galeries en bois noir.

26 — Très bel écran du Japon, à deux faces, en bois dur incrusté de sujets en ivoire teinté et gravé.

27 — Meuble de salon en noyer finement sculpté, de style Louis XVI, couvert en tapisserie d'Aubusson, à fleurs, animaux et personnages, et composé de : un canapé, quatre fauteuils, quatre chaises et une table de même style. Une paire de rideaux en soie avec cantonnières en tapisserie d'Aubusson, deux portières doubles en armure de soie doublées et molletonnées, avec leurs passementeries de soie.

28 — Buffet en noyer sculpté de style François Ier, à godrons, colonnettes, orné de mascarons et d'une salamandre.

29 — Grande glace dans un cadre de style Louis XVI en bois peint et doré, et ornements en pâte.

3o — Trois cadres à glaces semblables.

3ı — Chiffonnier en palissandre de style L. XVI, à colonnettes cannelées et marbre.

SIÈGES MODERNES ET DE FANTAISIE

32 — Jolie chaise longue de forme Louis XV, en noyer sculpté et canne dorée.

33 — Fauteuil Louis XIV en bois doré, couvert en velours de Gênes.

34 — Fauteuil Louis XIV en bois doré, couvert en lampas à fleurs.

35 — Canapé marquise Louis XVI en bois doré, couvert en satin broché.

36 — Petit fauteuil coin de feu Louis XIV en bois doré, couvert en lampas fond blanc à fleurs.

37 — Chaise Louis XVI à lyre, en bois rechampi blanc, couverte en lampas.

38 — Chaise Louis XIV en bois doré, couverte en velours de Gênes.

39 — Deux fauteuils Louis XIII en noyer, couverts en satin rouge à applications.

40 — Chaise Louis XIV en noyer sculpté, couverte d'étoffe ancienne lamée.

41 — Chaise en noyer de style gothique.

42 — Chaise Louis XIV en noyer finement sculpté et canne dorée.

43 — Fauteuil Louis XIII en noyer sculpté, couvert en brocatelle fond jaune à fleurs.

44 — Fauteuil Louis XIII en noyer sculpté, couvert en velours bleu et bandes or.

45 — Fauteuil Louis XIV en noyer sculpté, couvert de brocatelle fond havane.

46 — Petit fauteuil Louis XV en noyer sculpté, siège en canne dorée.

47 — Chaise Louis XV en noyer, couverte en velours bleu gaufré.

48 — Chaise Louis XIII, couverte de velours vert galonné de jaune.

49 — Fauteuil Louis XIV en noyer sculpté, couvert en velours frappé.

50 — Chaise Henri II, couverte en ratine rouge.

51 — Six chaises Renaissance en noyer, couvertes en velours bleu gaufré.

52 — Joli tabouret-pouff à coussins, couvert en peluche et riche broderie de Chine.

53 — Petite chaise Renaissance en noyer, couverte en étoffe genre tapisserie.

54 — Fauteuil anglais couvert en cachemirienne.

55 — Chaise légère à colonnettes en noyer, couverte en maroquin.

56 — Fauteuil en poirier noirci, les consoles sont formées par des chimères.

57 — Fauteuil en forme d'X, décoré aux accotoirs de têtes de moutons.

58 — Chaise en noyer à dossier sculpté.

59 — Deux chaises légères Renaissance, en noyer sculpté.

60 — Chaise légère à balustres en noyer sculpté.

61 — Deux fauteuils Louis XVI, en bois doré, à médaillons.

62 — Petit siège en X, orné de têtes de lions, en noyer sculpté.

63 — Divan à coussin couvert en drap vert richement brodé.

64 — Fauteuil Louis XIII, à grand dossier.

65 — Beau fauteuil Louis XIII, en bois doré.

66 — Banquette en noyer, à consoles sculptées de têtes d'animaux.

67 — Deux chaises légères de style Louis XVI.

68 — Deux jolis fauteuils coins de feu en bois doré, Louis XVI.

69 — Fauteuil Louis XVI, en bois doré, à dossier carré.

70 — Fauteuil Renaissance, en noyer ; le dossier est à bande sculptée.

71 — Cadre de glace en bois doré et sculpté de guirlandes.

OBJETS D'ART

72 — Paire de grandes vasques en émail cloisonné de Chine, fond noir, à fleurs et à filets.

73 — Paire de tabourets en bois de fer sculpté de Chine, avec tablette en marbre.

74 — Deux bouteilles hexagonales en porcelaine d'Ovari.

75 — Petite potiche à couvercle, en porcelaine du Japon.

76 — Groupe de personnages japonais en bronze, sur tablette en bois dur.

77 — Groupe de deux chimères en blanc de Chine.

78 — Deux vases en porcelaine du Japon.

79 — Groupe en porcelaine de Saxe.

80 — Paire de lampes en faïence de Satzuma, montées en bronze doré.

81 — Pendule, forme lyre, en marbre blanc et bronze finement ciselés et dorés au mat.

82 — Deux bustes en marbre et bronze sur piédouches de Bracony.

83 — Paire de grandes vasques en porcelaine de Chine, décorées en bleu de chimères et d'animaux fantastiques.

84 — Paire de tabourets en bois dur, avec tablettes en marbre.

85 — Statue d'esclave en marbre et bronze, de Bracony.

86 — Pot à thé en porcelaine du Japon.

87 — Paire d'appliques en bronze à quatre lumières montées au gaz.

88 — Jardinière du Japon décorée de feuilles et de tortues.

89 — Paire de grandes potiches en faïence de Satzuma.

90 — Joli lampadaire en bronze de style Renaissance, avec sa lampe.

91 — Paire d'appliques en bronze et pendeloques en cristal.

92 — Lanterne orientale en cuivre ajouré et gravé.

93 — Grand lustre en bronze rouge et poli, de style Renaissance, à vingt lumières ; pièce importante montée au gaz.

94 — Suspension-veilleuse, genre Louis XV, en bronze.

95 — Paire de bouts de table en bronze doré.

96 — Deux grands lustres hollandais en cuivre poli, ayant chacun douze lumières, montés au gaz.

97 — Suspension en fer forgé de style gothique, avec sa lampe et douze lumières.

98 — Vingt-six pièces d'étagère en porcelaine, faïence et bronze du Japon; vases, statuettes, potiches, etc., etc. (Ce lot sera divisé.)

99 — Paire de petits candélabres de style Louis XVI, formés par des amours en bronze sur piédouches en marbre blanc, et supportant deux lumières en cuivre ciselé et doré au mat.

100 — Paire de potiches à couvercles en porcelaine de Chine, famille verte.

101 — Deux personnages japonais en bois sculpté.

102 — Vase à deux anses en faïence craquelée du Japon.

103 — Paire d'appliques en bronze et cristaux.

104 — Paire de lampes en bronze japonais genre bambou.

105 — Paire de lampes en cloisonné de Chine; montures en bronze.

106 — Paire de lampes en cloisonné de Chine.

107 — Homard en bronze du Japon.

108 — Service à dessert en porcelaine de Saxe, composé de soixante-dix-huit assiettes, deux compotiers, douze plats à fruits et à gâteaux sur piédouches et deux sucriers, le tout décoré de fleurs.

109 — Vingt-quatre tasses à café en porcelaine de Saxe à fleurs.

110 — Vingt-quatre tasses à thé en porcelaine de Saxe à fleurs.

111 — Grand tableau en laque du Japon, fond noir, décoré de médaillons à sujets en laque d'or.

112 — Deux panneaux en laque du Japon.

113 — Statuette de divinité boudhique en bois sculpté.

114 — Miroir duchesse; le cadre est en porcelaine de Saxe à fleurettes et amours.

115 — Trente et une pièces diverses de la Chine et du Japon, figurines, faïences, porcelaines, bronzes, etc. (Ce lot sera divisé.)

116 — Lampe en émail cloisonné.

ÉTOFFES ET BRODERIES

117 — Trois grandes portières en satin cerise de Chine, brodées de personnages, de fleurs et d'animaux, et ornées d'inscriptions en lettres dorées.

118 — Quatre robes de mandarin en satin brodé, broché et lamé d'or.

119 — Coupons d'étoffes diverses pour sièges : brocart, satin, gros de Naples, brocatelle, lampas, velours, peluches, armures. (Ce lot sera divisé.)

120 — Tapis divers.

121 — Sous ce numéro les objets omis au présent catalogue.

9 782329 410395